Julius Baron

Angriffe auf das Erbrecht

Antigonos

Julius Baron

Angriffe auf das Erbrecht

Unveränderter Nachdruck der Originalausgabe von 1877.

1. Auflage 2024 | ISBN: 978-3-38698-836-0

Antigonos Verlag ist ein Imprint der Outlook Verlagsgesellschaft mbH.

Verlag: Outlook Verlag GmbH, Zeilweg 44, 60439 Frankfurt, Deutschland
Vertretungsberechtigt: E. Roepke, Zeilweg 44, 60439 Frankfurt, Deutschland
Druck: Libri Plureos GmbH, Friedensallee 273, 22763 Hamburg, Deutschland

Angriffe

auf das Erbrecht.

Mit einer Nachschrift über die social-democratischen Wahlen.

Von

Dr. J. Baron,

Professor an der Universität Berlin.

Berlin SW. 1877.

Verlag von Carl Habel.

(C. G. Lüderitz'sche Verlagsbuchhandlung.)

33. Wilhelm-Straße 33.

Die Hinterlassenschaft eines Verstorbenen kann bekanntlich ein dreifaches Schicksal erfahren. Wenn nämlich der Verstorbene ein Testament nach allen Regeln der Gesetze gemacht hat, so fällt sein Nachlaß an die im Testament zu Erben eingesetzten Personen. Fehlt es an einem solchen Testament, so gelangt der Nachlaß an die Verwandten des Verstorbenen (und zwar nach den meisten Gesetzgebungen, auch wenn sie noch so entfernt verwandt sind), unter mehreren an die nächsten; man nennt sie die Intestaterben, gesetzliche Erben. Existiren endlich gar keine Verwandten, so gilt der Nachlaß für herrenlos und fällt an den Fiskus.

Versuchen wir, die soeben angegebenen Rechtssätze zu kritisiren. Auf welche Gründe lassen sie sich stützen?

Beginnen wir mit dem Intestaterbrecht. Auf der Hand liegen die Gründe für das Erbrecht der Kinder gegenüber den Eltern. Kinder sind die Geschöpfe ihrer Eltern, sie empfangen von ihnen ihr Dasein nach allen Richtungen: ihren Körper, ihre geistige Anlage, ihre Erziehung, ihre Neigungen; Kinder setzen die Persönlichkeit ihrer Eltern fort; Kinder empfangen schon bei Lebzeiten ihrer Eltern, was diese entbehren können, also auch nach deren Tode, was durch den Tod frei geworden ist: das ist eben das Vermögen, der Nachlaß. Eltern und Kinder stellen zwei Generationen dar; die Menschheit entwickelt sich in Generationen; die frühere zeugt die spätere und übergiebt ihr den Fonds, den sie an geistigen und materiellen Gütern angesammelt hat; Sitte und Unsitte, Kenntnisse und Unwissenheit, Körperkraft und geistige

Schärfe gehen von der älteren Generation auf die jüngere über; wie dürften da die Rechtsverhältnisse hinter all Diesem zurückbleiben? Das empfinden wir auf das Lebhafteste; denn in des Menschen Brust lebt das Gefühl, daß Eltern für ihre Kinder arbeiten und sammeln. Deshalb darf man das Erbrecht der Kinder nicht als eine positive Gesetzesschöpfung betrachten, vielmehr ist es der durch die ganze Natur hindurchgehende Gedanke der Beerbung in seiner Anwendung auf die Rechtsverhältnisse. Durch die ganze lebende Natur zieht sich der Grundsatz, daß das Geschöpf nicht bloß sein Dasein, sondern auch seine Eigenschaften von seinen Eltern empfängt.

Nicht minder leicht ist das Erbrecht der Eltern gegenüber den Kindern zu erklären. Es beruht auf dem Grundsatz der Gegenseitigkeit. Wenn Kinder sterben, ohne selbst Kinder zu hinterlassen, so ist es recht und billig, daß ihr Nachlaß an ihre Eltern falle; häufig nehmen diese nur zurück, was, nachdem es von ihnen ausgegangen war, sich eine Zeit lang selbstständig entwickelt hatte; andererseits ist das Erbrecht der Eltern ein Lohn für die unzähligen Leistungen, welche die Kinder von ihnen empfangen und welche oft genug bis zur Selbstaufopferung gehen; sie brauchen nicht mit Worten geschildert zu werden; wir Alle empfinden ihre Nothwendigkeit und sehen ihre tägliche Uebung.

In eine große Verlegenheit aber gelangen wir, wenn wir das Intestaterbrecht der übrigen Verwandten (der sog. Seitenverwandten, Collateralen) begründen sollen. Die Erwägungen, welche uns bisher bezüglich des Erbrechts der Kinder und Eltern leiteten, fallen hier offenbar weg: es fehlt an dem Verhältniß der Generationen; mein Bruder, mein Neffe, mein Oheim sind nicht von meinem Fleische noch von meinem Geiste, sondern wir sind zusammen von Fleisch und Geist unseres Vaters resp. Großvaters; sie haben nicht von mir und ich nicht von ihnen Erziehung, Neigungen, Willensrichtung empfangen, also scheint auch kein Grund vorhanden zu sein, daß mein Nachlaß auf sie oder der ihrige auf mich übergehe. Und während wir es natürlich finden, daß Eltern für ihre Kinder arbeiten und sammeln, so halten wir den für einen sittlichen Helden (und das ist ein bedenkliches Lob), welcher für den Bruder, den Neffen, den Oheim sammelt. Während ferner Eltern und Kinder nach dem Rechte civilisirter Völker sich gegenseitig ernähren müssen, so besteht eine solche Alimentations=pflicht für die Seitenverwandten überhaupt nicht oder fast nicht; wie soll aber das Erbrecht Desjenigen gerechtfertigt werden, der dem Erblasser, wenn er bedürftig gewesen wäre, nicht einmal das Brod zu reichen brauchte?

Aber (so meint man gewöhnlich) eine hohe Wahrscheinlichkeit spricht dafür, daß der Verstorbene seinen Verwandten seinen Nach=laß gegönnt hat. Das ist ein handgreiflicher Irrthum.

Man vergesse doch nicht, daß nach den deutschen Gesetzgebungen alle Verwandten, selbst die im entferntesten Grade, erbberechtigt sind. Man wird uns sofort zugeben, daß sich darunter oftmals Personen befinden, zu denen der Erblasser nie in einer näheren Beziehung gestanden, mit denen er keine zehn Worte in seinem Leben gewechselt, die er vielleicht niemals gesehen hatte. Und solche Personen sollen sich auf den vermuthlichen Willen des Ver=storbenen berufen dürfen, um seinen Nachlaß für sich zu bean=spruchen?

Wir würden auch hiervon gern absehen, wenn unter den Seitenverwandten gewisse juristische Beziehungen beständen. So war es in alter Römischer Zeit; damals existirte zwischen allen Verwandten (den sog. Agnaten, Gentilen) eine engere Verbindung, sie bildeten eine eigene religiöse Genossenschaft, sie hatten einen Acker, den sie gemeinsam bewirthschafteten; ja, damals war die Familie eine Verbindung zu Schutz und Trutz, und deshalb das Erbrecht bis in die entferntesten Grade hin wohlbegründet. Aber später lösten sich diese Beziehungen, und sofort ward das Intestat=erbrecht auf den siebenten Grad beschränkt[1]); erst der Kaiser Justinian, von dessen Ungeschicklichkeit in der Gesetzgebung alle

Juristen überzeugt sind, stellte die Vorschrift des ältesten Römischen Rechts wieder her. — Bei unseren Vorfahren, den Deutschen, bestand gleichfalls eine Einschränkung des Erbrechts auf die Verwandten bis zum siebenten Grad, und dies trotz ihres lebendigen Familiensinns, trotz ihres Grundsatzes, daß die Freundschaft und Feindschaft des Familienhauptes alle Familienmitglieder ergreift [2]), trotzdem die Verwandten zur Eideshilfe vor Gericht verpflichtet waren, trotzdem der nächste Erbe das Beispruchsrecht gegen Veräußerung der Grundstücke hatte. Das Deutsche Recht ward aber verdrängt, als gegen Ende des Mittelalters das Römische Recht in der von Justinian ihm gegebenen Gestalt in Deutschland Eingang fand. Als in den letzten hundert Jahren selbstständige Gesetzbücher abgefaßt wurden, so ging man verschiedene Wege; im Preußischen Landrecht und im neuen Gesetzbuch für Sachsen ward der Justinianeische Grundsatz festgehalten; nach dem code Napoléon erben Seitenverwandten nur bis zum zwölften Grade, nach dem in Oesterreich geltenden bürgerlichen Gesetzbuch erben sie nur dann, wenn sie mit dem Verstorbenen wenigstens die dritten Urgroßeltern (d. h. Urururgroßeltern) gemeinsam haben; nach dem Gesetzbuch für den Canton Zürich, wenn wenigstens die Urgroßeltern.

Daß die mittlere Römische oder die Deutsche oder die zuletztgenannten drei neueren Gesetzgebungen das richtige Maß getroffen hätten, ist keinesfalls meine Meinung; aber jedenfalls legen sie dafür Zeugniß ab, daß die Verweisung auf den vermuthlichen Willen des Erblassers seine Grenze hat, und also kein Argument für das Erbrecht der Seitenverwandten überhaupt abgeben kann.

Nichtjuristen pflegen zu fragen: „wenn der Nachlaß nicht den Verwandten zufallen soll, wem dann? jene sind doch wohl die Meistberechtigten.“ Schlagen wir diese Aeußerung hoch an, so enthält sie ein Hervorkehren des Familienbewußtseins; „gewiß (so meinen jene) findet das Generationenverhältniß seine kräftigste Darstellung in den Eltern und Kindern, aber es besteht im abgeschwächten Maße in allen Verwandten, es besteht solange, als ein Familienbewußtsein, ein Bewußtsein der Zusammengehörigkeit, der Verwandtschaft vorhanden ist.“ Zugegeben auf einen Augenblick, so steht doch soviel fest, daß das Familienbewußtsein sich endigt, daß es schon zwischen Geschwisterenkeln auf ein verschwindendes Minimum reducirt zu sein pflegt; wie ist damit ein Erbrecht der sämmtlichen Seitenverwandten verträglich?

Nicht besser können wir die Kluft zwischen dem Intestaterbrecht der Kinder und dem der Seitenverwandten aufzeigen, als indem wir die Worte des conservativsten Rechtslehrers, Stahl[3]), anführen: „Nur um der Kinder Willen giebt es überhaupt ein Erbrecht, wenn dies auch dann ausgedehnt worden ist auf andere natürliche Verwandtschaft, sowie auf künstlich nachgebildete Bande; die Succession der Kinder ist die dem elterlichen Vermögen selbst innewohnende Bestimmung; die innere Bestimmung des elterlichen Vermögens, den Kindern hinterlassen zu werden, ist der einzige Grund der übrigen Intestaterbfolge.“ Das heißt: das Erbrecht der Kinder ruht auf dem Grunde des Naturgesetzes und bildet ein Fundament der menschlichen Gesellschaft, alles übrige Erbrecht ist von zweifelhaftem Werth, denn es ist auf das veränderliche, subjektive, vielfach unmotivirte Belieben der Menschen zurückzuführen. Hiegegen darf man sich auch nicht auf Nützlichkeitsgründe berufen, denn wenn der Englische Rechtsgelehrte Blackstone dem Erbrecht die Tendenz beilegt, den Mann zum guten Bürger zu machen (denn es bringe seine Leidenschaften auf die Seite der Pflicht, da er sicher ist, daß der Lohn seiner Thätigkeit auf die übertragen wird, mit welchen er durch die theuersten und zärtlichsten Gefühle verbunden ist), so paßt dies offenbar sehr wenig auf das Verhältniß eines Menschen zu seinen Seitenverwandten, es paßt nur auf Eltern und Kinder. Ja, wenn unsere Familie noch die unserer Ahnen wäre! Aber sie hat nicht bloß alle religiösen und politischen Beziehungen verloren, sondern auch die humanitären Pflichten der Familienglieder haben sich verflüchtigt; die Alimentenpflicht gilt nach Particularrechten unter Eltern, Kindern und Geschwistern, nach gemeinem Recht bloß unter Eltern und Kindern; es existirt zwar die Vormundschaftspflicht unter den Verwandten, allein die Vormundschaft ist durch die Mitwirkung des Staats auf ein Minimum herabgesetzt worden; an den Pflichten der Eltern und Kinder ist nichts gemindert worden; sie bestehen in ihrer ganzen Fülle fort; geht man aber darüber hinaus, so ist der Zustand der Art, daß Stuart Mill schreiben konnte, die alte Familie sei längst dahingegangen.

Man mag es beklagen, daß so Vieles von der Zeit zerstört ist; zu dem fast Zerstörten gehört aber die weitere Familie, d. h. die Verbindung unter den Verwandten der Seitenlinie. An ihre Stelle ist die Gemeinde und der Staat getreten. Die Vormundschaft wird von ihnen überwacht, der Gemeinde hat man die Unterstützungs- und Alimentirungspflicht auferlegt. Täglich mehren sich die Leistungen des Staats und der Gemeinde; nur sind sie nicht so sichtbar wie früher die der Familie; denn während die Familie für jedes einzelne ihrer Glieder thätig war, so sind es jetzt Staat und Gemeinde in dem Sinne, daß Alle oder doch die Mehrzahl oder die Bedürftigen empfangen. Während die Familienbeziehungen sich immer mehr lösen, vervielfältigen sich dagegen die Beziehungen des Staats und der Gemeinde zum Bürger; man genoß früher Ansehen und Schutz als Mitglied einer mächtigen Familie, jetzt als Bürger eines mächtigen Staats.

Es liegt auf der Hand, was aus diesen Betrachtungen für das Erbrecht der Seitenverwandten folgt; schon mehr als einmal ist die Frage aufgeworfen worden, ob denn der Staat noch verpflichtet sei, die Familie zu stützen, da doch die Familie nicht mehr an den Lasten des Staates mitträgt. Längst hat das Erbrecht in der Seitenlinie — wenn wir Geschwister und Geschwisterkinder ausnehmen — in den Augen der Menschen seine Berechtigung verloren; es war ein Rückschritt, eine innerlich unbegründete Verordnung, als Kaiser Justinian alle Cognaten in infinitum zur

Erbschaft berief, und unser Volk spottet derselben, indem es die Bezeichnung „lachende Erben" erfunden hat.

Wenden wir uns zu den Testamenten. Die Frage stellt sich hier also: Wie ist es zu rechtfertigen, daß Jemand seinen Willen über die Zeit seines Lebens hinaus, also für eine Zeit, in welcher er keinen Willen mehr hat, als verbindliche Vorschrift aufstellen darf? In früherer Zeit suchte man das Recht zum Testiren aus dem Eigenthum abzuleiten; man wies auf das dem Eigenthümer zustehende Verfügungsrecht hin, und man behauptete, dies stände ihm für seine Lebenszeit wie für die Zeit nach seinem Tode zu; heut ist man über die Unrichtigkeit dieses Raisonnements einig, denn kein Berechtigter kann Verfügungen treffen, die in die Zeit hinein dauern, wo sein Recht mit Nothwendigkeit ein Ende gefunden hat. Seit Hegel parallelisirt man das Testament der Intestaterbschaft. Ist es nicht billig, daß derjenige, welchem Verwandte fehlen, sich aus seinen Freunden eine geistige Familie bilden und dieser sein Vermögen letztwillig hinterlassen dürfe? Gewiß, eine einleuchtende Schlußfolgerung: das Testament ist eine freie Nachbildung des natürlichen Familienbandes, ähnlich der Adoption; die testamentarische Erbfolge ist ein Surrogat der Intestaterbfolge; und hat man dies zugestanden, so gesteht man auch weiter gern zu, daß derjenige, welcher Verwandte hat, berechtigt ist, ein Testament zu machen, sei es um unwürdige Verwandte von der Erbfolge auszuschließen, sei es um die Erbtheile unter mehreren Verwandten anders zu bestimmen, als es das Gesetz thut; m. a. W. man erkennt das Testament auch als nähere Determination der Intestaterbfolge an.

Derselbe Schriftsteller (Hegel) aber, welcher dem Testamente seine wahre Grundlage vindicirte, verhehlte sich nicht das Bedenkliche dieser Institution; die Bildung einer rein geistigen Familie läßt soviele Zufälligkeit, Willkür, Absichtlichkeit für selbstsüchtige Zwecke zu, daß das Testament leicht ein Anlaß zur Verletzung sittlicher Verhältnisse und zu niederträchtigen Bemühungen giebt;

es entsteht eine Gelegenheit für den Erblasser, über Andere eine despotische Herrschaft unter Verweisung auf die dereinstige Zuwendung seines Nachlasses auszuüben; es finden sich Andere veranlaßt, gegenüber dem Erblasser Liebe und Ergebenheit zu heucheln. Dies ungefähr wendet Hegel gegen das Testament ein; er räumt deshalb, so lange Familie vorhanden ist, dem Testament nur einen geringen Spielraum ein, und er findet überhaupt, daß mit dem Testamente etwas Widriges und Unangenehmes verbunden ist. Dieses letztere möchten wir betonen; in einer Zeit, in welcher ungleich mehr als früher gearbeitet wird, in einer Zeit, in welcher Reichthum, Bildung, Macht und Ehre der Arbeit und dem Verdienst ohne Unterschied der Person in Aussicht gestellt sind: in eine solche Zeit paßt es schlecht, daß irgendwer ein Vermögen ohne Arbeit erwerbe. Endlich aber kann das Testament zu einer wahren Fessel der Zukunft, zum Feinde des freien Eigenthums werden; es kann nämlich der Testator seine Zuwendung an allerhand Bedingungen knüpfen, welche wohl für den Augenblick angemessen sind, später aber ihre Berechtigung verlieren.

Die gedachten Erwägungen haben in den Gesetzgebungen zum Theil ihre Anerkennung gefunden. Es gehört hieher das sog. Notherbenrecht, d. h. das Gesetz, wonach derjenige, welcher Kinder, Eltern oder einen Ehegatten hinterläßt, diesen einen bestimmten Theil seines Nachlasses zuwenden muß, es sei denn, daß er einen guten Grund für ihre Enterbung hat. Ferner die Bestimmung des Preußischen Landrechts, wonach ein Testator (abgesehen von Familienfideicommissen) bloß zwei fideicommissarische Substitutionen anordnen darf; nach Französischem Recht sind sogar alle Familienfideicommisse verboten, in Rußland dürfen keine neuen Fideicommisse gestiftet werden. Aber wer möchte behaupten, daß mit diesen gesetzlichen Anordnungen den obigen Einwürfen gegen das Testament Genüge gethan sei?

Soviel darf nach dem Bisherigen behauptet werden: alles Erbrecht, sowohl das gesetzliche als das testamentarische, besteht allüberall in einem weit größeren Umfange, als es mit inneren Gründen gerechtfertigt werden kann; und eine Revision des Erbrechts Seitens der Gesetzgeber würde durchaus am Platze sein.

Seitens der Schriftsteller ist diese Revision längst geschehen; bei den meisten von ihnen spielt ein bisher unerwähntes Moment herein. Man hat nämlich längst bemerkt, daß die Ungleichheit der Vermögensverhältnisse unter den Menschen durch das Erbrecht in hohem Grade befördert wird. Der Nachlaß ist das Product der Thätigkeit eines ganzen Lebens auf dem Gebiete des Güter= erwerbs, er enthält also oft eine beträchtliche Menge von Gütern, und daher stellt sich in dem Erben derjenige dar, der schon in ältester Zeit mit „großem Capital" wirthschaftet. Man kennt die Macht des großen Capitals; auf sie hauptsächlich führt eine ge= wisse Richtung die Unsumme socialer Mißstände in heutiger Zeit zurück, und daher ward der Angriff auf das bestehende Erbrecht zu einem Mittel behufs der Lösung der socialen Frage.

Man mißverstehe mich nicht. Es handelt sich bloß um die Angriffe gegen das private Erbrecht; das öffentliche Erbrecht, namentlich das Erbrecht in den Fürstenthron, kümmerte und küm= mert heut diejenigen, welche von hier aus die sociale Frage zu lösen trachten, durchaus nicht; sie würden heut in Deutschland kein bereites Ohr finden, denn waren wir einstmals aus Gewohnheit gut königlich gesinnt, so sind wir es heut aus voller Ueberzeu= gung; mehr als je haben es die letztvergangenen Jahre gezeigt, welche Großthaten dem erblichen Königthum bei williger Mitwir= kung des Volkes gelingen. Daher werde ich im Nachstehenden keinen Bericht über die Bücher von der Staatsform (Monarchie und Republik, Erbmonarchie und Wahlmonarchie) geben; auch nicht von den Familienfideicommissen, Stammgütern werde ich handeln, da sie mehr oder weniger mit öffentlichen Institutionen im Zusammenhange stehen.

Die Angriffe auf das Erbrecht sind verhältnißmäßig jungen Datums. Während es schon im Alterthum Männer giebt, welche das Eigenthum verwerfen, und während die Angriffe gegen das Eigenthum in der neuen Zeit fortwährend sich erneuern: läßt man bis ins 18. Jahrhundert das Erbrecht ungeschmälert in seinem Besitzstande. Da unterzog der Utilitarier Bentham[4]) die Grundsätze der Civil- und Criminalgesetzgebung einer Critik; er erklärte als einen Hauptzweck der Erbrechtsgesetzgebung die Aufgabe, auf die Gleichmachung der Vermögensumstände hinzuarbeiten, und er sprach von diesem Standpunkte aus bloß den Kindern, Eltern und Geschwistern ein Intestaterbrecht zu, an der Stelle der übrigen Seitenverwandten setzte er den Fiscus. Erwägt man, daß Bentham die Testirfreiheit in der hergebrachten Weise anerkannte, so wird man sein Vorgehen als ein schwächliches bezeichnen; nichtsdestoweniger war es folgenreich. Vielleicht von ihm ward St. Just zu seiner Forderung veranlaßt, daß das Testirungsrecht gänzlich aufgehoben und das Intestaterbrecht nur in der geraden Linie und unter Geschwistern aufrecht erhalten würde[5]). Noch in unserem Jahrhundert ward Bentham in Frankreich ungemein studirt, seine Werke fanden hier einen so außerordentlichen Beifall, daß seit 1829 eine Zeitschrift (l'utilitaire) in Paris erschien, um Bentham's Grundsätze in allen Beziehungen für das Leben fruchtbar zu machen. Deshalb glaube ich behaupten zu dürfen, daß die Saintsimonisten, die bedeutendsten Gegner des Erbrechts, auf Bentham's Schultern stehen.

Ich sagte: die St. Simonisten, nicht: St. Simon; man darf jene nicht mit diesem confundiren, man muß zwischen dem Grafen St. Simon und den St. Simonisten unterscheiden. Ersterer war ein Gefühlsschwärmer, ein Mann von den redlichsten Absichten, aber nur von halber Einsicht und ohne alle Energie; ein Mann, der zu den Moralpredigern gehört, und der sich von anderen dieses Schlages nur dadurch unterscheidet, daß er keine andere Sünde kennt als die der Anhäufung des Besitzes. Seine Lehre hat deshalb von Anfang an eine religiöse Färbung; schon in seiner ersten Schrift (den lettres d'un habitant de Genève à ses contemporains) stellt er sich als Stifter einer neuen Religion hin, die er in Wahrheit erst in seiner letzten Schrift, dem nouveau christianisme, ausführte. Ihn dauert das Schicksal der Arbeiter (er nennt sie industriels); sie seien fortdauernd thätig, um die Bedürfnisse der Gesellschaft zu befriedigen, und verdienen deshalb die erste Stelle in der Gesellschaft einzunehmen, in Wahrheit ständen sie an letzter Stelle; die bisherigen Besitzverhältnisse enthielten ein System der ärgsten Ungleichheit, an seine Stelle solle das industrielle System treten, gegründet auf vollkommene Gleichheit, unter Aufhebung jedes Rechtes der Geburt und jedes Privilegium; seine Devise sei die Verbesserung der ärmsten und zugleich zahlreichsten Classe, und diese werde durch Retablirung der Grundsätze der ältesten christlichen Moral erreicht werden: liebt euch und helft euch unter einander; wer andere liebt, hat das Gesetz erfüllt; alles ist enthalten in dem Wort: du sollst deinen Nächsten lieben als dich selbst [6]); eine solche Religion werde die Gesellschaft dem großen Zwecke der schnellsten Verbesserung des Looses der ärmsten Classe entgegenführen.

Die Sprache eines Samariters: das ist das höchste Lob, welches St. Simon nach meiner Meinung gespendet werden darf [7]). Und Hand in Hand mit dieser Sprache ging ein unbemessenes Vertrauen, daß es gelingen werde, dem Armen zu helfen. „Das goldene Zeitalter,“ schreibt St. Simon, „das eine blinde Tradition in die Vergangenheit gesetzt hat, liegt vor uns,“ und noch auf dem Todtenbette äußert er zu seinen Schülern: „ihr geht einer Zeit entgegen, wo gut combinirte Anstrengungen zu einem ungemessenen Resultat führen müssen, die Frucht ist reif, ihr werdet sie pflücken, die Zukunft ist unser“, und seinen Lieblingsschüler Olinde Rodrigues erinnert er daran, daß man begeistert sein muß, um große Dinge zu vollbringen.

Gerade diese Sprache der Begeisterung zündete in den geistvollen jungen Leuten, die St. Simon an sich herangezogen hatte; theils entwickelten sie sich zu tüchtigen Kennern der Geschichte und

Oeconomie (wie Augustin Thierry, Comte und M. Chevalier),
theils zu den Stiftern eines neuen öconomischen Systems wie Ba=
zard und Enfantin. Auf diese letzteren ist das zurückzuführen,
was wir St. Simonismus nennen.

In St. Simon's cathechisme des industriels findet sich
der Ausspruch, daß in der neuen Gesellschaftsordnung jedes Recht
der Geburt und jedes Privilegium beseitigt sein solle. Das waren
Worte von großer Dehnbarkeit. Was St. Simon selbst darunter
verstanden, dürfte schwerlich anzugeben sein, sein reiches Gefühls=
leben ließ seine Gedanken zu keiner rechten Bestimmtheit gelangen.
Seine Schüler Bazard und Enfantin nahmen den Ausspruch wört=
lich und sie beducirten daraus nicht bloß die Aufhebung der
Standesvorrechte, sondern die Aufhebung des Intestaterbrechts und
weiterhin alles Erbrechts überhaupt[8]); freilich ließ wenigstens En=
fantin Modificationen zu. Es ist nothwendig, die Beweisführung
der St. Simonisten etwas genauer zu verfolgen.

Zunächst Bazard. In der Verschwörung der Französischen
Carbonari, welche er als eines der Häupter leitete, repräsentirte
er das republikanische Element. Aber sein Geist entwickelte sich;
aus dem Republikaner ward ein Socialist; das Princip der Gleich=
heit unter den Menschen aufgebend, setzte er an die Stelle das
der Geltung der Individualität, das er mit den Worten umschrieb:
Jedem nach seiner Fähigkeit, jeder Fähigkeit nach ihrer Arbeit.
Je älter die Geschichte der Völker, um so ärger ist (nach Bazard)
dieses Princip verletzt; die Sclaverei ist die härteste Form, in
welcher die Ausbeutung des Menschen durch den Menschen (l'ex-
ploitation de l'homme par l'homme) vor sich geht; das Christen=
thum und die germanisch=romanische Welt des Mittelalters setzen
an ihre Stelle die Leibeigenschaft, welche bei weitem milder als
die antike Sclaverei ist; die Revolution substituirt dem Leibeige=
nen den freien Arbeiter. Deutlich ist demnach in der Geschichte
der Völker der Zug wahrzunehmen, daß die Individualität der
einzelnen Menschen zur Geltung komme; noch aber ist das Ziel

nicht erreicht, der freie Arbeiter ist ein Sclave seines Elends, seiner
Armuth, die er ebensowenig enden kann wie der Leibeigene; es
hat dies darin seinen Grund, daß der Zutritt zum Besitz zum
großen Theil nicht nach dem Grundsatz der persönlichen Würdig-
keit geregelt ist; das Erbrecht nämlich enthält ein reines Privilegium; mühelos und unverdient gelangt der Erbe zum Vermögen,
und damit zu einer Selbständigkeit und zum überreichen Lebens-
genuß; verwirft man das Privilegium im staatlichen Leben, so
muß man es auch gegenüber dem Vermögenserwerb aufgeben; gelangt man im öffentlichen Leben nur durch Fähigkeit und Arbeit
zu einem Amte, so muß auch bezüglich des Erwerbes der Grundsatz aufgestellt werden: jedem nach seiner Fähigkeit, jeder Fähigkeit nach ihrer Arbeit (à chacun suivant sa capacité, à chaque
capacité suivant ses oeuvres). Dann wird der Besitz des Vermögens durch die Arbeit bedingt sein, und jeder wird nur dasjenige haben, was er durch Anlage und Anstrengung verdient;
Bazard läßt demgemäß nach dem Tode eines Menschen sein hinter-
lassenes Vermögen an den Staat fallen; dieser richtet über das
ganze Land ein Bankensystem ein; die Banken haben die doppelte
Aufgabe, den Nachlaß festzustellen und denjenigen zu ermitteln,
welcher am geeignetsten ist, den Nachlaß in Empfang zu nehmen
und durch Arbeit für sich auszunutzen; also setzt der Staat an
Stelle des Erbrechts den Grundsatz, daß Fähigkeit und Arbeitsam-
eit allein zum Erwerb berechtigen; das Eigenthum besitzt ein Jeder nur als Ausdruck seiner Fähigkeit und Arbeit.

Bei weitem geschmeidiger als Bazard ist Enfantin; er begreift den immensen Anstoß, welchen die vollständige Abschaffung
des Erbrechts bei den besitzenden Klassen erregen muß; er begreift
ferner das Unzureichende des von Bazard proponirten Banken-
systems. Sonach schlägt er einen Mittelweg ein, dem man in
der That den Vorzug der Practicabilität nicht wird absprechen
können. Er proponirt vorläufig bloß die Abschaffung des Erbrechts der Collateralen; dieses kann man aufheben, ohne daß die

Gesellschaft mehr als auf der Oberfläche berührt würde; dieses hat nicht die Kraft, um dem Anspruch der gesammten Bürger zu widerstehen; sind nicht die Collateralen dem Erblasser oft unbekannt? oft seine Feinde? ist nicht bei ihnen die Gier nach dem einstigen Nachlaß stärker als die Liebe zum Erblasser? Auf der anderen Seite erscheint es unpassend, daß der Staat die Erbschaften einziehe und vertheile resp. veräußere; man setze deshalb an die Stelle eine progressive Erbschaftssteuer; diese darf natürlich nicht den vollen Betrag des Nachlasses ausmachen, aber bei entfernteren Seitenverwandten darf sie von fast gleichem Betrage sein. Schreitet man zu einer Erbschaftssteuer, so muß man consequenter Weise die Erbschaft der Descendenten und Ascendenten ihr unterwerfen oder vielmehr (da in Frankreich die Erbschaftssteuer in der geraden Linie schon besteht) man muß die Steuer auf Erbschaften in der geraden Linie bedeutend erhöhen. Diese Erbschaftssteuer wird ungemein einträglich sein; sie ist die angemessenste Abgabe, denn sie vermindert einen Erwerb, den Jemand durch Glückszufall macht, in dem Augenblick, wo er ihn macht, einen Erwerb, der oft einen arbeitsamen Menschen in einen Müßiggänger verwandelt. Der Ertrag der Erbschaftssteuer kann in doppelter Weise verwendet werden: theils als Ersatz für die indirecten Steuern, welche aufzuheben seien, theils zur Herstellung productiver Anlagen, z. B. zur Gründung öffentlicher Schulen, zum Wegebau, zur Verschönerung der Städte u. s. w.

Man hat die St. Simonisten als einfache Revolutionäre hingestellt; man hat behauptet, daß ihr System auf dem Grundsatz der Französischen Egalité ruhe; diese Egalité sei zuerst auf die sog. Gleichheit vor dem Gesetz, auf die Aufhebung der Standesvorrechte, auf die gleich freie resp. unfreie Bewegung Aller beschränkt worden; allein die Idee der Revolution führe weiter: nämlich zu einer Gleichheit in Genuß und Eigenthum; diese werde denn auch von den entschiedensten Revolutionären, wie Baboeuf, gefordert, dies St. Simonistische System sei ein Schritt auf dem

Wege zu diesem Endziel, es enthalte eine unfertige Entwickelung des Gleichheitsgedankens.

Diese Auffassung halte ich für durchaus unrichtig. In der Adresse vom 1. October 1830 verwahren sich die St. Simonisten ausdrücklich dagegen, daß der Gleichheitsgedanke ihnen zugeschrieben werde, „sie glauben an die Ungleichheit der Menschen als Basis der Association"; und in der That führt ihr System zu der ärgsten Ungleichheit: denn so verschieden die Fähigkeit und die Arbeitsamkeit der Menschen ist, so verschieden sind ihre Vermögensverhältnisse nach dem simonistischen System [9]). Endlich aber widerspricht die Persönlichkeit des Stifters jenem vermeintlichen Ausgangspunkt; bei ihm überwogen die Eigenschaften des Herzens viel zu sehr, als daß er sich für die kalte und formale Gleichheitsidee hätte begeistern können. Nur das läßt sich behaupten, daß der St. Simonismus das Vermögen in ewigem Wechsel in andere Hände bringt; in Folge davon schwindet nicht die Ungleichheit überhaupt, sondern die stationäre Ungleichheit; der Gegensatz von besitzenden und nicht besitzenden Klassen hat ein Ende, derjenige von Besitzern und Nichtbesitzern bleibt.

Der Gleichheitsgedanke ist hingegen von dem zweiten Französischen Schriftsteller, welcher das Erbrecht aufgehoben wissen will, von L. Blanc, zum Ausgangspunkt genommen. Es ist selbstredend, schreibt er in seiner berühmten Schrift »l'organisation du travail«, daß in allen Fällen der Lohn vollkommen für die Lebensbedürfnisse des Arbeiters hinreichen muß." Später hat er sich noch klarer ausgedrückt: der Lohn soll sich nicht nach der Leistung des Arbeiters, sondern nach seiner Bedürftigkeit richten; der allein vernünftige Zustand der Gesellschaft sei die Vertheilung der Arbeit nach der Fähigkeit, die des Lohnes nach der Bedürftigkeit. Das ist eben nichts anderes als der auf die Vermögensverhältnisse angewandte Grundsatz der Gleichheit der Menschen; denn jedem Einzelnen haftet vom ersten bis zum letzten Athemzuge die Bedürftigkeit an, noch mehr: wenn man von Sitte und Gewohnheit und namentlich von den Anforderungen eines verfeinerten Geschmacks absieht, so ist im Allgemeinen bei Menschen desselben Geschlechtes, desselben Lebensalters, bei gesunden Menschen die Bedürftigkeit in gleichem Maße vorhanden. Deshalb besteht ein gewaltiger Gegensatz zwischen den Principien und den Resultaten der Simonisten und L. Blanc's. Denn erstere halten an dem Grundsatz fest, daß jede Arbeit ihren Lohn verdient, und nur das beklagen sie, daß durch das Erbrecht ein unverdienter Gewinn Jemandem in den Schooß geworfen werde; L. Blanc aber kehrt jenen Grundsatz um; „es wird der Tag kommen (schreibt er), an welchem erkannt werden wird, daß derjenige seinem Nebenmenschen mehr schuldig ist, welcher von Gott mehr Kraft oder Verstand erhalten hat; das Talent wird alsdann seine gesetzliche Herrschaft nicht durch die Höhe des Tributs bestätigen, den ihm die Menschheit zollen muß, sondern durch die Größe der Dienste, welche es ihr leisten wird; denn die Ungleichheit der Fähigkeiten darf nicht eine Ungleichheit der Rechte herbeiführen, sondern eine Ungleichheit der Pflichten.“

Gerade um diesen Grundsatz zu realisiren, fordert L. Blanc die Organisation der Arbeit. Darunter versteht er die Vereinigung aller industriellen Arbeiter zu einem Organismus, welcher die ganze Production verrichtet und dann jedem der Betheiligten seine Consumtion zuweist. Zu diesem Zweck wird alle industrielle Thätigkeit auf den Staat übertragen. Die Regierung soll überall Fabriken errichten oder die bestehenden übernehmen; sie soll zu diesem Zweck ein Anlehen machen resp. den Fabrikbesitzern Bons übergeben, die später einmal eingelöst werden sollen; in die Fabriken werden sämmtliche Arbeiter aufgenommen, soweit ihre Moralität resp. der Umfang der Anlage es gestattet, zuletzt also alle Arbeiter, welche keines Verbrechens schuldig sind; diese Arbeiter wählen vom zweiten Jahre ab alle Fabrikbeamten (im ersten Jahre ernennt dieselben die Regierung); der Gewinn ist jährlich zu berechnen und in drei Theile zu theilen; der erste Theil wird unter die Mitglieder der Gesellschaft vertheilt und zwar zuerst zu gleichen

Theilen, wenn aber eine neue Erziehung den Menschen richtigere Anschauungen gelehrt haben wird, nach dem Grundsatz der Bedürftigkeit; der zweite Theil dient zur Unterstützung der Greise, Kranken, Schwachen, sowie zur Erleichterung der Crisen, welche andere Fabriken betreffen möchten; der dritte Theil wird dazu verwandt, Arbeitsgeräth für diejenigen anzuschaffen, welche an der Association Theil nehmen wollen, dergestalt, daß diese sich bis ins Endlose erweitern könnte. Ueber seinen Lohn kann jedes Mitglied verfügen, aber die Sparsamkeit und sonstige Vorzüge des gemeinschaftlichen Lebens werden bald eine freiwillige Verbindung zur Besorgung der Bedürfnisse und zum Genuß der Lebensfreuden hervorrufen. Dabei zweifelt L. Blanc nicht, daß der Gewinn, welchen die also organisirte Arbeit abwirft, für die ebengedachten drei Zwecke genügen werde; denn bei diesem System schwindet die Concurrenz; die ganze Noth unserer Zeit stammt aus der Concurrenz; die Concurrenz schafft die Wohlfeilheit der Waaren, „das ist die Keule, mit welcher die reichen Producenten die weniger wohlhabenden niederschmettern, das ist das Todesurtheil für den Fabrikanten, welcher sich die Vortheile der theuren Maschinen nicht verschaffen kann, das ist der Scharfrichter der großen Werke des Monopols, das ist der Leichenzug der kleinen Industrie, des kleinen Handels, der kleinen Eigenthümer, das ist mit einem Worte die Vernichtung der Bürgerschaft zu Gunsten der industriellen Oligarchen." Die Concurrenz bereitet der Zukunft eine abgelebte, verkrüppelte, verkümmerte, verwelkte Generation; „laßt nur eine Fabrik, eine Spinnerei, ein Hüttenwerk sich öffnen, und ihr könnt die Schulen schließen"; in der Schule unterrichtet man das Kind, in der Fabrik bezahlt man es; solange also die freie Concurrenz dauert, wird man dem Armen seine Kinder nehmen, wenn sie kaum der Wiege entnommen sind, und ihren Verstand ersticken, während man zu gleicher Zeit ihr Herz verdirbt und ihren Körper vernichtet; „eine dreifache Gottlosigkeit, ein dreifacher Mord." Die freie Concurrenz erzeugt die Armuth, die Armuth aber setzt

eine ungeheure Masse Kinder in die Welt, ein Jammervolk, wel=
ches Arbeit nöthig hat und keine findet, denn nur derjenige kann
die Zahl seiner Kinder nach der Größe seiner Einkünfte abmessen,
welcher sich als Herrn des folgenden Tages fühlt; wer aber in
den Tag hineinlebt, der unterliegt einem Verhängniß, welchem er
sein Geschlecht opfert, weil er ihm selbst geopfert ist. Die freie
Concurrenz treibt die Production zu einer maßlosen Thätigkeit,
denn sie erzeugt eine Verwirrung, in welcher der Producent den
Ueberblick über den Markt verliert; wozu sollte er sich auch mäßi=
gen, da er sich ja für seine Verluste durch Abzüge am Lohn der
Arbeiter entschädigen kann? Kurz, mit der freien Concurrenz ist
das äußerste Elend verknüpft, „Alles ist verkäuflich geworden und
die Concurrenz erstreckt sich sogar auf das Bereich des Herzens.“
Das Alles ändert sich mit der Organisation der Arbeit, dann wird
die freie Concurrenz durch die freie Concurrenz aufgehoben wer=
den, Niemand wird mit der Societät concurriren können, die Pri=
vatindustrie wird ihr Ende finden; denn die Societätsfabrik ist
im Besitz doppelter Vortheile, einerseits produciren die Arbeiter,
weil sie die Geschäftsherren sind, möglichst gut und rasch, an=
dererseits befähigt das gemeinsame Leben zu bedeutenden Erspar=
nissen; die Societätsfabrik aber wird, nachdem sie sich zum Herrn
der Industrie gemacht, ihre Stellung nicht mißbrauchen, sondern
der Staat wird die Preise festsetzen.

In der ursprünglichen Abhandlung von L. Blanc kommt nur
die kurz hingestellte, ohne Begründung gelassene Forderung der
Abschaffung des Seitenerbrechts vor; es sollen die Hinterlassen=
schaften, die sonst an Seitenverwandte fallen, als Capitalien der
Nationalwerkstätten verwendet werden; das Descendentenerbrecht
griff er keineswegs an, im Gegentheil, er erklärt einmal die Lehre
der St. Simonisten für unpractisch, weil sie zugleich die Abschaf=
fung der Familienverhältnisse[10]) und die unmittelbare Aufhebung
des Princips der Erblichkeit verlangten. Indeß, daß neben der
Vertheilung des Gewinnes nach der Bedürftigkeit kein Erbrecht,

selbst das der Descendenten sich nicht zu halten vermag: wer möchte dies leugnen? Kein Wunder, daß dem L. Blanc entgegengehalten wurde, daß sein System das Familienleben bedrohe, indem es zu einem Aufhören alles Erbrechts führen müsse. Darauf antwortet L. Blanc, daß Familienleben und Erblichkeit des Vermögens nicht unzertrennlich sei, „das Familienleben ist eine natürliche Thatsache, welche nicht aufgehoben werden kann, die Erblichkeit ist eine sociale Uebereinkunft, welche durch den Fortschritt der Gesellschaft aufgelöst werden kann." Bei den heutigen gesellschaftlichen Zuständen ist (so meint L. Blanc) das Erbrecht der Descenbenten allerdings eine Nothwendigkeit; denn wer heut ohne Vermögen aus der Familie in die Welt tritt, geht tausend Gefahren entgegen; ändert man aber die Verhältnisse, sorgt man dafür, daß Jeder eine seinen Fähigkeiten angemessene Arbeit finde und daß er am Gesammtcapital Theil nehme, so wird die väterliche Vorsorge (die Hinterlassung eines Vermögens) durch die bürgerliche Vorsorge ersetzt, d. h. das Erbrecht ist überflüssig.

Es liegt auf der Hand, daß die Meinung der St. Simonisten und L. Blanc's über das Erbrecht weit auseinandergehen. Denn jene erklären es als einen Widerspruch gegen den Grundsatz von der Erarbeitung und der Verdienung des Eigenthums, dieser hält es für eine nothwendige Ergänzung der gegenwärtigen Vermögensordnung; jene sehen darin die Quelle alles Uebels, dieser eine Verbesserung desselben; jene fordern seine ungesäumte Aufhebung, sei es direct, sei es in Form einer bedeutenden progressiven Erbschaftssteuer; dieser stellt eine solche Forderung für unpractisch hin und vertagt ihre Ausführung; jene basiren ihre Reform auf die Aufhebung des Erbrechts, dieser basirt die Aufhebung des Erbrechts auf seine Reform. Daher behandelt auch L. Blanc die Aufhebung des Erbrechts nur beiläufig. Ja, ich zweifle, ob er, wenn er die Frage einmal gründlich untersucht hätte, seine Meinung unverändert beibehalten hätte. Denn man vergesse nicht, daß L. Blanc die Organisation der Arbeit der freien Concurrenz gegenüberstellt;

nun giebt es aber eine Menge Arbeit, bei welcher die freie Con=
currenz nicht Anwendung finden kann, z. B. die Arbeit des Land=
bebauers, die sog. geistige Arbeit. Auf diese passen weder die
Vorwürfe gegen die Fabrikindustrie, noch kann sie nach Art der
letzteren organisirt werden; wie sollte also hier das Erbrecht über=
flüssig werden? Die Unvollständigkeit der Blanc'schen Anschauun=
gen ist nicht ohne Folgen geblieben; kein einziger Schriftsteller ist
in diesem Punkte (bezüglich des Erbrechts) ihm gefolgt, nicht ein=
mal Lassalle, der doch sonst seine Staatsfabriken aus L. Blanc
copirte. St. Simonistische Ideen hingegen finden sich bei allen
Schriftstellern, welche das Erbrecht critisiren; zu hoch steht die
Schätzung einer jedweden Arbeit in dem Bewußtsein unseres Zeit=
alters, als daß nicht der Gedanke „durch Arbeit allein zum Er=
werb" auf allen Seiten eine willige Anerkennung hätte finden
müssen.

Das aber war das entschiedene Ergebniß der Thätigkeit der
St. Simonisten wie L. Blanc's, daß der Wissenschaft die Aufgabe
gestellt ward, das Erbrecht zu begründen; vom Eigenthum war
dieses mit Erfolg getrennt worden; alle jene Schriftsteller erkann=
ten das Eigenthum an. Wie die deutsche Wissenschaft ihrer Auf=
gabe nachgekommen, das habe ich oben (S. 7 ff.) gezeigt; an die=
sem Orte mag ein Französischer Vertheidiger des Erbrechts gehört
werden, der von dorther kommt, von wo man ihn am wenigsten
erwarten möchte: aus dem Lager der Gegner unserer socialen Ord=
nung. Es ist Proudhon, welcher in seiner berühmten Broschüre
über das Eigenthum sich ebensosehr als einen Gegner des Eigen=
thums wie des Communismus hingestellt. Dem Communismus
ist er noch in seinen späteren Schriften feind geblieben; er nennt
ihn widerlegt durch die Natur, welche die Familie auf die mäch=
tigsten und zartesten Regungen des menschlichen Herzens aufbaut
und unseren Widerwillen gegen eine Gemeinschaft mit Nichtfami=
liengliedern hervorruft; er nennt ihn widerlegt durch die Freiheit,
welche für jeden Einzelnen Unabhängigkeit und Selbstbestimmung

verlangt; widerlegt durch die Wissenschaft, welche nachweist, daß mit der wachsenden Unabhängigkeit eines Menschen auch seine Productionskraft wächst; widerlegt endlich durch die Geschichte der Völker, in welcher diejenigen als die bedeutendsten verzeichnet sind, bei welchen Eigenthum und Familie am schärfsten ausgeprägt waren. Hingegen mit dem Eigenthum scheint Proudhon sich später[11]) mehr befreundet zu haben, er erklärt einmal: „das Princip des Eigenthums liegt in der Individualität unseres Ich," und er setzt sich mit diesen Worten auf den Boden der Deutschen Rechtsphilosophen; was er in der gegenwärtigen socialen Ordnung vermißt, das ist die Gleichheit in allen menschlichen Dingen (l'égalité des conditions et des fortunes). Aber diese (meint er) wird durch die Beseitigung des Erbrechts nicht gefördert; denn sie hat in dem Spiel der wirthschaftlichen Kräfte ihren Grund, in der Unternehmungsluft, der Arbeitsamkeit, der Intelligenz und in unzähligen anderen Dingen, die mit dem Erbrecht nichts zu thun haben. Andererseits entspringt das Erbrecht aus der Tiefe der menschlichen Natur; die Generationen der Menschen sind nicht isolirt wie die Bäume einer Allee, ein geistiges Band umschlingt sie und macht sie solidarisch; bloß das Individuum stirbt, derjenige, welcher an der Civilisation arbeitet, ist ewig; er empfängt von seinen Vorfahren ein Capital von Arbeiten und Ideen, das er vermehren muß; die Kehrseite davon ist das Erbrecht: wenn die Aufgaben des Vaters auf den Sohn übergehen, warum nicht auch sein Vermögen? Deshalb ist das Erbrecht die älteste menschliche Institution und seine Beseitigung wäre der gouvernementale Communismus, die Auflösung des Familienlebens. — Man sieht: der Französische Philosoph ist mit den Ideen der Deutschen Wissenschaft gesättigt, aber er hat es deshalb auch nicht weiter gebracht als diese, er hat das Intestaterbrecht der Seitenverwandten auf keine Weise erwiesen.

Durch die Unabhängigkeit seines Denkens wie durch seinen Radicalismus ragt unter den Englischen Nationalöconomen unserer

Zeit John Stuart Mill hervor; er bietet die merkwürdige Er=
scheinung eines Mannes, der die vorhandene sociale Ordnung in
ihren Grundlagen acceptirt, zugleich aber einer so scharfen Critik
unterwirft, daß er zu ganz neuen Gestaltungen gelangt. Er zeich=
net die Bestimmungen, welche ihm, „abgesehen von allen Vorur=
theilen," als die geeignetsten erscheinen; den Kreis aber, in wel=
chen er die Vorurtheile stellt, mißt er freilich ziemlich weit aus.
Es ist eine Fülle von Gedanken, welchen man bei Mill begegnet,
theils neuer, theils überkommener, aber zugleich selbständig über=
arbeiteter.

Zuvörderst stellt Mill[12]) ein Institut in den Vordergrund,
welches die Französischen Leugner des Erbrechts in ihrer Leiden=
schaftlichkeit gänzlich übersehen hatten: das Testament. Die St. Si=
monisten erklärten, daß Niemand ein Vermögen haben solle, dessen
er sich nicht durch Fähigkeit und Arbeitsamkeit würdig gezeigt habe;
L. Blanc erklärte das Erbrecht nach geschehener Organisation der
Arbeit für überflüssig. Beide gehen sie von dem Standpunkte
desjenigen aus, der ein Vermögen durch Erbschaft erwerben soll.
Allein (so ist der Gedanke Mill's) werden diese Grundsätze nicht
erschüttert, wenn man sich auf den Standpunkt eines Erblassers
stellt? Denn dieser ist der Eigenthümer seines Vermögens, und
kann es weggeben, wem und wie er will[13]). Und so gelangt Mill
zunächst zu einer vollen Testirfreiheit, zu dem Erbrecht kraft Testa=
ments. Allein die Ergebnisse der Testirfreiheit sind nicht glück=
bringend der Gesammtheit noch auch den Einzelnen: „in der Mehr=
zahl der Fälle wäre nicht allein für die Gesellschaft, sondern auch
für die Individuen besser gesorgt, wenn ihnen bloß ein mäßiges
Vermögen vermacht worden wäre," daher darf Niemand mehr
durch Erbschaft erwerben, als zu einer mäßigen Unabhängigkeit
erforderlich ist. Andererseits muß derjenige, welcher Kinder hat,
ihnen, falls sie es bedürfen, eine angemessene Ausstattung hinter=
lassen, welche ihrer Lage, ihren Fähigkeiten, ihrer Erziehungsweise
entspricht. Auf diese Ausstattung beschränkt Mill das Intestat=

erbrecht der Kinder, welches in Ermangelung eines Testaments eintritt; allen sonstigen Verwandten, also den Ascendenten und Seitenverwandten, spricht Mill jedes Anrecht auf den Nachlaß ab, und weist diesen dem Staat zu. In früherer Zeit, meint er, war das Intestaterbrecht der Verwandten wohlbegründet; die Familie bildete einen durch Ideen, Interessen, Gewohnheiten verbündeten kleinen Staat; das Eigenthum war nicht Alleineigenthum des Vaters, sondern Familieneigenthum, Miteigenthum der einzelnen Familienglieder, erworben oder erhalten und vergrößert durch die vereinten Anstrengungen aller derjenigen Familienglieder, die arbeiten und kämpfen konnten. Allein diese Familie und ihre patriarchalische Lebensform ist längst vergangen, die Einheit der Gesellschaft ist nicht mehr die Familie, sondern das Individuum oder ein Paar Individuen mit ihren unmündigen Kindern; das Eigenthum ist nicht Familien= sondern Individualeigenthum, die erwachsenen Kinder folgen nicht den Beschäftigungen des Vaters und unterstützen ihn nicht bei der Verwaltung seines Vermögens; eine so wesentliche Veränderung in der Verfassung der Gesellschaft kann nicht ohne Einfluß auf das Intestaterbrecht bleiben. Die Seitenverwandten haben nunmehr gar keinen Anspruch auf den Nachlaß; sie rechnen nicht darauf, es sei denn, daß sich keine directen Erben einstellen; sie kennen oft den Erblasser nicht, und keinesfalls bestehen zwischen ihnen und dem Erblasser natürliche Pflichten; hat sich ein festeres Band um sie geschlungen, so kann ihm durch Errichtung eines Testaments Genüge gethan werden. Anders die Kinder: sie haben echte und unverletzliche Ansprüche, aber nicht Reichthum haben sie von dem reichen Vater zu fordern, sondern nur eine solche Erziehung, solche Fertigkeiten und Mittel, daß sie in den Stand gesetzt werden, im practischen Leben ein gutes Fortkommen zu finden, daß sie der Gesellschaft nicht zur Last fallen. Deshalb macht Mill keinen Unterschied zwischen unehelichen und ehelichen Kindern; zugleich ermahnt er die Eltern, ihre Kinder nicht in den Gewohnheiten des Luxus aufzuziehen; wenn Jemand

hierüber sich hinwegsetzt, so haben die Kinder freilich einen An=
spruch auf reichlichere Fürsorge, aber nie kann ein Kind soviel
fordern, als zur Ernährung von Frau und Kindern nöthig ist,
denn die Mittel zur Heirath und zur Erhaltung einer Familie
muß ein Jeder sich durch eigene Anstrengung verschaffen.

Wer erkennt nicht in diesen Ausführungen das stolze Bewußt=
sein des self made man? Und wer erinnert sich nicht gern, daß
unser Sprichwort: „Selbst ist der Mann" die eigene Errungen=
schaft als eine männliche That bezeichnet? Und doch welch ein
kurzsichtiger Doctrinarismus! Denn entweder egalisirt Mill
alle Kinder: dann zerschellt sein Ausstattungsprincip an der Ver=
schiedenheit des Geschlechts, des Alters, der Fähigkeiten, der Zu=
neigung für einen bestimmten Beruf. Oder (und dies dürfte das
Richtige sein) er individualisirt die Ausstattung nach den
eben bemerkten Gründen: dann gelangt die gleiche Stellung, die
allen Kindern gegenüber ihren Eltern zukommt, und die Liebe der
Eltern, die sie alle in gleichem Maße umfaßt, nicht zu ihrem
Rechte. Und ferner: wem soll die Individualisirung obliegen?
wer soll bestimmen, wie viel dieses, wie viel jenes Kind bekom=
men soll? Die Chimäre Bazard'scher Banken taucht in unserer
Erinnerung auf, und wir können sie nicht mit der Bemerkung bei
Seite schieben, daß Mill irgend welche Vorschläge in dieser Rich=
tung gemacht hat. Doch hat er das Unzureichende seiner Meinung
gefühlt; er will nicht so verstanden werden, als ob die Eltern
niemals mehr für ihre Kinder thun sollten; in einigen Fällen sei
es gebieterische Pflicht, in vielen lobenswerth, in allen zulässig,
mehr zu thun (durch Errichtung eines Testaments). Um so leich=
ter wird Mill eine viel größere Concession; als Uebergang näm=
lich, der sich den herrschenden Ansichten besser anpaßt, läßt er das
Intestaterbrecht der Descendenten und Ascendenten völlig gelten
und nur das der Seitenverwandten will er sofort abgeschafft wissen.

Indem ich mich nunmehr zu den Deutschen Schriftstellern
wende, so scheide ich dieselben in zwei Classen. Zwar ist das

Allen gemeinsam, daß sie den Umfang des Erbrechts, wie er in den verschiedenen Deutschen Gesetzgebungen bestimmt ist, für zu weit gegriffen erachten. Aber darin unterscheiden sie sich, daß die Einen parteilos und unbekümmert um die Tagesfragen die Sache behandeln, indem sie denjenigen Standpunkt einnehmen, auf welchen ich im Eingange mich gestellt habe. Die Anderen erkennen den Zusammenhang des Erbrechts mit der sog. socialen Frage; sie sehen das Erbrecht zum Theil als Quelle der socialen Uebel, seine Reform als ein Mittel zur Hebung dieser Uebel an.

Zahlreich sind die Schriftsteller der ersten Classe; es gehören dahin Juristen wie Nationalöconomen. Schüchtern, wenn ich so sagen darf, tritt der Jurist Brinz [14]) auf; er meint, man möchte wohl auf den Gedanken kommen, ob die Gemeinde oder der Staat zum Entgelt für die Lasten, die sie der Verwandtschaft abgenommen haben und in Gestalt der Armenpflege und des polizeilichen Schutzes tragen, nicht einigen Antheil am Erbrecht der Seitenverwandten haben sollten; denn nur so lange kann das Recht die Familie stützen, als die Familie das Recht stützt, als sie ein Pfeiler im Gebäude des Staates ist und an seinen Lasten mitträgt. Um so bestimmter sind die Nationalöconomen. Roscher nennt das Intestaterbrecht der entfernteren Verwandten „etwas ganz Zufälliges", und er erzählt Manches von den Mißbräuchen der Testirfreiheit in sittlich versunkenen Zeiten, z. B. daß die reichen Böotier ihre Güter nur zum kleinen Theil ihren Kindern, zumeist aber den liederlichen Zechgesellschaften hinterließen, deren Mitglieder sie waren; ferner daß zu Cicero's Zeiten es jeder angesehene Römer übel nahm, wenn er von einem Bekannten in seinem Testamente nicht bedacht worden war, wie denn dem Kaiser Augustus in den letzten zwanzig Jahren seiner Herrschaft durch Legate seiner „Freunde" zwanzig Millionen Thaler zuflossen. Marlo, der Verfasser der Weltöconomie, welcher seine Zeit nicht bloß dadurch in Erstaunen setzte, daß er (ein Chemiker) plötzlich die Analyse der Naturkörper mit derjenigen der wirthschaftlichen Erscheinungen ver-

tauſchte, ſondern der zugleich durch Gedankenfülle und Selbſtändig=
keit der Auffaſſung ſich allſeitigen Beifall errang — ich ſage,
Marlo[15]) erkennt zwar die Teſtirfreiheit an, das Inteſtaterbrecht
aber beſchränkt er auf Kinder und Eltern; denn bei den Seiten=
verwandten fehlt es an „naturgeſetzlichen", wechſelſeitig verpflich=
tenden Beziehungen. Ferner Umpfenbach[16]) beläßt Kindern und
Eltern ein ungeſchmälertes Inteſtaterbrecht, das der entfernteren
Seitenverwandten erklärt er für „den Gipfel der Ungereimtheit",
und im Falle Jemand nähere Seitenverwandte hinterläßt, ſo ver=
langt er ein Miterbrecht des Fiscus oder der Gemeinde oder einer
ſonſtigen Corporation, welcher der Verſtorbene angehörte. Die
Teſtirfreiheit hält Umpfenbach für wohlbegründet, aber ſie darf
nicht ſoweit gehen, daß der Fiscus oder die Gemeinde von dem
Nachlaß ganz ausgeſchloſſen werden. Schäffle[17]) nennt das Erb=
recht der entfernten Seitenverwandten „auf dem ſeichteſten Grund"
beruhend, und er verlangt, daß ihnen der Staat einen bedeuten=
den Theil nehme.

Die zweite Claſſe der Deutſchen Schriftſteller, welche das Erb=
recht in eine Verbindung mit der ſocialen Frage bringt, iſt von
dem St. Simonismus weit entfernt. Der St. Simonismus hat
auch in Deutſchland ſeine begeiſterten Anhänger gehabt, aber er
ruhte gar zu ſehr auf einem Doctrinarismus (auf der Verwerfung
der Geburtsprivilegien) und er enthielt einen allzu ſcharfen An=
griff auf das Familienleben (principiell wollten die St. Simoniſten
auch zwiſchen Kindern und Eltern das Erbrecht aufgehoben wiſſen),
als daß er in unſere bewegte Zeiten hätte hineinbauern können.
Bei den Deutſchen Schriftſtellern der zweiten Claſſe (es ſind dies
der durch ſeine Beſtrebungen für den Deutſchen Einheitsſtaat in
früherer Zeit berühmte Pfizer und Bluntſchli) iſt vielmehr ein
anderer Geſichtspunkt vorherrſchend: ſie weiſen auf die horrende
Ungleichheit des Beſitzes in unſerer Zeit hin; dieſe wird entſchie=
den durch das Erbrecht gefördert und durch die theilweiſe Auf=
hebung des Erbrechts gewinnt man die Mittel, um (ſo meinen ſie)

die Armen mit den irdiſchen Gütern auszuſtatten. Pfizer[18]) geht
ſcharf vor: er ſieht im Erbrecht die Hauptquelle der üblen An=
ſammlung großen Vermögens, er meint, die Aufhebung der mittel=
alterlichen Schranken des Erwerbs haben der Maſſe des Volkes
bloß die theoretiſche Möglichkeit gegeben, in den Stand der Be=
ſitzenden einzutreten, thatſächlich ſei ſie davon ausgeſchloſſen, und
ſo ſehr er das Erbrecht der Kinder, Eltern und Ehegatten billigt,
ſo bringend verlangt er die Beſeitigung des Erbrechts der Seiten=
verwandten und die Beſchränkung der Teſtirfreiheit der Ehe= und
Kinderloſen, um „die Beſitz= und Erbloſen mit etwas mehr als
dem Allernothwendigſten auszuſtatten“. Bluntſchli[19]) iſt viel mil=
der geſtimmt; zwar malt er mit lebhaften Farben das Mißver=
hältniß zwiſchen den übermäßigen Reichthümern und Genüſſen
Weniger und dem Mangel und der Dürftigkeit der großen Maſſen,
die ſchweren Mißſtände der Arbeiter, ihre elende Wohnung, ihre
vielfach ſchlechte und unzureichende Nahrung, und Bluntſchli macht
auf das Hauptübel aufmerkſam, daß nämlich viele Arbeiter nicht
einmal der Fortdauer dieſer ärmlichen Exiſtenz ſicher ſind. Aber
er verwirft nicht das ganze Erbrecht der Seitenverwandten; er will
bloß der Familie einen Theil des Nachlaſſes nehmen; je enger die
Blutsverwandtſchaft, um ſo geringer ſolle dieſer Theil ſein; je
mehr ſich dagegen die Verwandtſchaftskreiſe erweitern, um ſo be=
deutſamer tritt die Gemeinſchaft und der Pietätsverband mit der
Gemeinde und mit dem Staate hervor, und um ſo geringer iſt
das Erbrecht der Verwandten. Darin ſtimmt Bluntſchli mit
Pfizer überein, daß die freigewordenen Güter zur Ausſtattung
dürftiger Familien verwendet werden ſollen. Das aber gerade
halten wir für die Achillesferſe ihrer Vorſchläge; denn was iſt
damit gewonnen? Eine Bereicherung Weniger, welche ſich die
große Maſſe mit Recht nicht gefallen laſſen wird. Und wer ſoll
jene Wenigen beſtimmen? Hilgard[20]) und Brater[21]) haben dieſe
Ideen weiter auszuführen und ihre Mängel zu vermeiden geſucht.
Sie beſchränken beide das Erbrecht auf die nahen Grade (jener

auf den vierten, dieser auf den fünften oder sechsten — es ist nicht ganz klar), alle Erbschaften darüber hinaus nehmen sie für einen Erbfonds in Anspruch, desgleichen vindiciren sie diesem Erbfonds bei näheren Verwandten einen Theil der Erbschaft oder eine bedeutende Erbschaftssteuer; der Erbfonds ist für öffentliche Institutionen bestimmt: für Creditcassen, Ansiedlungen, Auswanderung, gemeinsame Haushaltungen.

Daß die Pfizer=Bluntschli'schen Vorschläge den Socialisten unserer Zeit nicht genügen, ist selbstverständlich. Diese haben vielmehr auf ihrem internationalen Arbeitercongreß in Basel 1869 neben der Abschaffung des Grundeigenthums auch die des Erbrechts beantragt. Die St. Simonistische Argumentation haben sie aufgegeben. Einen neuen, eigenthümlichen Weg ist einer ihrer Führer, Lassalle, gegangen; in seinem gelehrten Buche über die erworbenen Rechte stellt er das Erbrecht dar als ein Erzeugniß gewisser nationaler und geschichtlicher Anschauungen, die längst in Europa abgestorben sind; die alten Römer (sagt er), die Schöpfer unseres testamentarischen Erbrechts, glaubten, daß der letztwillig ernannte Erbe das Gefäß sei, in welches der persönliche Wille des Erblassers übergehe und in welchem er eine juristische Unsterblichkeit genieße. Die alten Germanen, von denen wir unser Intestaterbrecht haben, betrachteten als Eigenthümer des Vermögens nicht den augenblicklichen Inhaber, sondern die gesammte Familie desselben, so daß bei dem Tode des Vaters der Sohn kein neues Eigenthum, sondern nur die freie Verwaltung des Vermögens bekommen habe. Da nun aber sowohl der Glaube an die juristische Unsterblichkeit des Willens wie das Familieneigenthum heut geschwunden ist, so schwebt nach Lassalle unser Erbrecht in der Luft, es ist nur noch „ein großes Mißverständniß". Gesetzgeberische Vorschläge behufs Verwendung der freigewordenen Hinterlassenschaften hat übrigens Lassalle nicht gemacht; es ist dies nicht zu bedauern, da sie sicherlich auf der Aufhebung des gesammten Erbrechts basirt und deshalb nicht annehmbar gewesen wären. Die Lassalle=

ſchen Argumentationen endlich bedürfen mit Rückſicht auf das, was wir auf den erſten Seiten ausführten, keiner Widerlegung mehr: das Erbrecht hat nicht bloß geſchichtliche Fundamente, es ruht auf ewigem Grunde, denn es iſt eine bloße Anwendung des Vererbungs= princips, welches die körperliche und geiſtige Welt durchzieht, auf die Rechtsverhältniſſe. Freilich hat die geſchichtliche Rechtsentwicke= lung die Vererbung der Rechtsverhältniſſe in einem viel zu weiten, ungerechtfertigten Umfange ſtatuirt.

Es iſt einmal der Gegenſatz der Römiſchen und heutigen Anſchauungen über das Erbrecht mit den Worten bezeichnet wor= den: „Die Römer hatten einen juriſtiſchen Idealismus, wir ſehen in der Erbſchaft nur Geld und Vermögen[22]).“ Und es läßt ſich nicht leugnen, daß unſere Geſetzgebungen im Erb= rechte alles Idealismus entbehren; ebendeshalb ſind ſie ideen= los geworden, und ebendaraus ſind die Angriffe zu erklären, welche das Erbrecht erfahren hat. Man glaubt nicht mehr ans Erbrecht; ſeine Natürlichkeit und Nothwendigkeit leuchtet nicht mehr ein, es hat die Macht zu überzeugen verloren; man ſieht es nur als ein Mittel zu Erwerb an, als ein Mittel, welches nur wenigen Begünſtigten zu Theil wird. Hätte es wirklich dieſen Charakter, ſo wäre es zu einem Claſſenrecht geworden, und würde gegenüber der kritiſchen Schärfe unſerer Zeit und in der neu ſich bildenden Geſellſchaft nicht zu halten ſein.

Deshalb iſt es die erſte Aufgabe der Geſetzgebung, das Erb= recht wieder mit Ideen zu erfüllen, den „juriſtiſchen Idealismus“ in daſſelbe zurückzuführen; denn wir wollen die Rechtsinſtitutionen nicht bloß deshalb, weil wir ſie überkommen haben, ſondern weil wir von ihnen überzeugt ſind; wir wollen Rechtsinſtitutionen, welche die Geiſter beherrſchen; wir wollen ein Volksrecht in dem Sinne, daß die Kraft der Ideen, die es in ſich birgt, an Jedem ihre Wirkung äußert, daß es den Denkenden Befriedigung gewährt und den Trägen nicht beſchwerlich fällt.

Nachschrift.

Die obige Abhandlung ist (als Theil einer größeren Arbeit) bereits vor Jahren geschrieben. Ihre Veröffentlichung erfolgt zufolge des Wunsches des juristischen Herausgebers dieser Sammlung, welcher das bei den Reichstagswahlen so bedeutsame Hervortreten der Socialisten als einen bringenden Anlaß ansieht, eine Forderung des socialistischen Programms (die Aufhebung des Erbrechts) mit wissenschaftlicher Unparteilichkeit und Gründlichkeit zu prüfen. Dem muß ich zustimmen, ich will mich darüber ausführlicher erklären.

Zwiefach wird die Wirkung der socialistischen Wahlen in nächster Zeit hervortreten; eine dritte ist den kommenden Jahren vorbehalten.

Die erste Wirkung wird eine Stärkung der königlichen Gewalt der Hohenzollern sein. Nicht unaufrichtig war der Angstschrei des Bürgerthums, und in volltönigen Worten gab ihm die Presse Ausdruck. „Noch hallen (so erinnere ich mich gelesen zu haben) die Wahllocale von dem ehernen Tritt des modernen Barbarenthums wieder,“ und ein anderes Mal: „Schon ist der eisenbeschlagene Schritt der Massenbataillone zu hören.“ Das Bürgerthum erinnert sich wieder der gewaltigen Werke, die unser Königthum in unserem Jahrhundert vollbracht hat, und es empfindet zugleich eine Gewissensunruhe darüber, daß es in manchen Stücken die königliche Gewalt geschwächt, in manchen zu schwächen versucht hat. Mit Eile und Eifer schaart es sich wieder um diejenige Staatsinstitution, welche den Wechsel der letzten Jahrhunderte überbauert, und (von kurzen Zeiträumen abgesehen) immer sich die höchsten Ziele gesteckt, niemals sich der Lässigkeit oder gar Unthätigkeit hingegeben, und im Verein mit dem von ihm geschaffenen Beamtenthum den modernen Staat aufgebaut hat. Ihm allein traut es die Kraft zu, die Grundlagen unserer gesellschaft=

lichen Ordnung (Eigenthum und Erbrecht) zu erhalten; ihm über=
läßt es willig die Führung, und ihm ist es ohne Zweifel bereit,
das zu gewähren, was zur Durchführung der Aufgabe nöthig ist:
eine Kräftigung seiner Gewalt und eine vertrauensvolle Hingabe
an seine Führerschaft.

Die zweite Wirkung ist die Kehrseite der ersten: das Zurück=
treten der Volksvertretung. Zu neu, um an älteren Verdiensten
zu zehren, zu vielgespalten, um eine einheitliche Richtung einzu=
schlagen, zu jung, um erfahren zu sein, zu rasch wechselnd, um
in die ferne Zeit den Blick zu richten: haben die Volksvertretun=
gen viel mehr in dem Glauben des Volks an sie (und das ist frei=
lich ein sehr bedeutendes Moment im Staatsleben) als in ihren
Leistungen ihre Berechtigung. Ich sage: viel mehr, denn es fällt
mir nicht ein, ihrer Arbeit reelle Erfolge abzusprechen; die Con=
trolle des Beamtenthums, namentlich in Rücksicht der Belastung der
Volksclassen, ist ihnen sogar gelungen. Aber wer möchte ihre Erfolge
mit denen des Königthums und des Beamtenthums vergleichen! An
jenen Erfolgen aber participiren nicht alle Parteien, und bereits hat
diejenige, welche am meisten auf ihr Programm pocht und die
Lösung der staatlichen Aufgaben in den Widerspruch gegen alle
Regierungsthätigkeit zu setzen scheint, eine Niederlage bei den letz=
ten Wahlen erlitten. Wir dürfen annehmen, daß der Glaube an
sie im Volke zu schwinden beginnt, und daß ihre Berechtigung
allmählich die Grundlage verliert. So wird denn der Gegensatz,
in welchem die Volksvertretung bisher zur Regierung allzuoft sich
befunden hat, sich von selber mildern.

Was endlich erwünschen wir von den kommenden Jahren?
Was darf als die dritte Wirkung der gegenwärtigen Wahlen be=
zeichnet werden?

Ich erwarte, daß das Königthum und Beamtenthum nicht in
absoluter Negation den socialistischen Forderungen gegenüber tre=
ten, sondern daß es sie gründlich prüfen wird, um dasjenige, was
in ihnen berechtigt ist, in der Gesetzgebung des Privatrechts zur

Geltung zu bringen. Der Streit mit den Socialisten ist ein Streit um Eigenthum und Erbrecht. Gerade über sie beide hat die Gesetzgebung seit der Reception des Römischen Rechts (um 1500) sich einer unziemlichen Unthätigkeit hingegeben, und in den Particulargesetzgebungen der letzten hundert Jahre höchstens eine neue Formulirung der alten Ideen geliefert. Unterdessen ist das öffentliche Recht von Grund aus umgeändert, und alles Privatrecht, soweit es mit dem öffentlichen zusammenhängt (gutsherrlich-bäuerliche Verhältnisse, Gewerbewesen), völlig neugestaltet worden; ja sogar einen Theil des reinen Privatrechts (das Handelsrecht) hat man auf das Anbringen der Kaufmannschaft einer neuen Gesetzgebung unterworfen. Bloß dem gemeinen Privatrecht enthält man eine neue Regelung vor. Hat man vergessen, daß alle Rechtsbegriffe historische sind? Daß sie mit den Zeiten kommen und gehen? Unser Privatrecht ist eine starre, unbewegliche, stabile Masse geworden, beherrscht von Begriffen, die zum Theil sich schon bei den Römern ausgelebt hatten, und nun bei uns wahrhaftig lang genug die Auferstehung genossen haben. Was aber unbeweglich und starr bleibt, das bildet nicht ewig einen festen Bau, es wird morsch und zerbröckelt.

Man wird mich vielleicht an die Commission erinnern, welche zur Abfassung eines bürgerlichen Gesetzbuchs für Deutschland niedergesetzt ist. Ich beuge mich vor dem Wissen der Mitglieder dieser Commission, und ich erwarte von ihrem Geschick das Beste. Aber das Allerbeste, was sie schaffen werden, wird die Rechtseinheit und Rechtssicherheit sein; darüber hinaus können sie nichts leisten, denn das Deutsche bürgerliche Gesetzbuch darf nicht von Juristen, sondern es muß von Staatsmännern geschrieben werden.

Das ist nicht ohne Präcedenzfall. Nicht umsonst hat der erste Napoleon den Staatsrathssitzungen beigewohnt, in denen der Code civil berathen wurde; und das Wesen unserer Stein-Hardenbergschen Periode besteht darin, daß sie eine reiche Gesetzgebung schuf, die von Staatsmännern nicht bloß geleitet, sondern bis ins De-

tail ausgearbeitet wurde. Und welch einen socialiftischen Kern
enthielt fie! „Unfer Vaterland (fchreibt ein competenter Beurthei=
ler, Schmoller) hat in der Agrar= und Gewerbepolitik feiner Kö=
nige in der Stein=Hardenberg'fchen Periode ein Beifpiel der groß=
artigften Art vor fich, wie eine hochherzige Politik in die Eigen=
thumsordnung eingreifen kann und foll. Taufendfache Einzelinter=
effen wurden dabei verletzt; man konnte, ja man wollte die frü=
heren Privilegirten nicht ganz und voll entfchädigen; es war dies
eine Sühne für Jahrhunderte langes Unrecht. Die ganze Maß=
regel war nicht mehr und nicht weniger als eine Neuvertheilung
des Eigenthums. Aber es war darum keine focialiftifche Maß=
regel im fchlimmen Sinne des Wortes; nicht die Pöbelleidenfchaft,
fondern ein angeftammtes allbeliebtes Königthum hat fie durchge=
führt; es nahm nicht die Willkür da, um dort zu verfchenken,
fondern fyftematifch und nach feften Grundfätzen zog ein in feiner
Pflichttreue einzig daftehendes Beamtenthum die neuen Eigenthums=
linien, und deswegen verftummte zuletzt alles Gefchrei über Eigen=
thumsverletzung und Beraubung, über Verwirrung und Erfchütte=
rung der Rechtsbegriffe, das erhoben wurde, und das wahrfchein=
lich noch ganz anders fich geltend gemacht hätte, wenn damals die
befitzenden Claffen den Einfluß auf den Staat gehabt hätten, wel=
chen fie heut haben.“

Vor mir liegen die zwölf Artikel der aufftändifchen Bauern
von 1526. Luther nannte fie Rebellen und Räuber, und warf
ihnen vor, daß fie „die chriftliche Freiheit ganz fleifchlich machen
wollten, aus dem geiftlichen Reich ein weltlich äußerlich Reich,
das unmöglich ift.“ Aber nicht ein einziger Artikel ift heut in
Preußen unerfüllt; die Stein=Hardenberg'fche Periode brachte die
Erfüllung bis auf einen Reft, welchen die fpätere Gefetzgebung
nachzahlte. Und wenn dies ein Beifpiel (neben vielen) für die
Langfamkeit der Rechtsentwickelung ift, ein Beweis dafür, daß die
Rechtsanfchauungen, wenn auch erft nach Jahrhunderten, fich wan=
deln, daß Gedanken, die zu einer Zeit als verbrecherifch gegolten,

in einer späteren Zeit als Anforderungen einer guten Gesetzgebungs=
politik anerkannt werden: so bewahrt der Rechtshistoriker bei jeder
neuen Bewegung, welche die Rechtsinstitutionen betrifft, die Ruhe
und prüft ohne Leidenschaft und mit Gründlichkeit. Parteien, die
der Gegenwart leben, die Presse, die für den Augenblick arbeitet,
werden in diesen Dingen leicht fehl gehen; beide treten sie heut
den Socialisten unbedingt negirend entgegen, die Einen, indem sie
zugleich die Anwendung von Gewaltmaßregeln fordern, die An=
deren, indem sie die Dinge gehen lassen wollen und Alles von
der verbesserten Volksbildung erwarten. Aber unser mit dem Staat
verwachsenes und großgewachsenes Königthum, welches die Conti=
nuität des Staates in der Reihe der Jahrhunderte darstellt, und
welches die verschiedenen Perioden des Staatswesens zu einer Ein=
heit zusammenzufassen berufen ist: es muß denselben Standpunkt
wie der Rechtshistoriker einnehmen. Irre ich nicht, so ist dies der
Grund, warum es sich bisher noch nicht ausgesprochen hat; es
wartet der Klärung der Ideen, und es wird dereinst die Führer=
schaft übernehmen, um durch die Gesetzgebung diejenige Eigen=
thums= und Erbordnung herzustellen, die der neuen Wirthschaft
entspricht; es wird sociale Utopien zerstreuen, und das Bürger=
thum zu einer neuen Ordnung der Rechtsverhältnisse auferziehen.

In keinem Jahrhundert sind von unserem Königthum größere
Aufgaben gelöst, in keinem sind ihm dann immer wieder neue
und größere gestellt worden. Das ist die Gunst des Schicksals.
Denn die Macht, die Autorität, die Ehre, die das Königthum
übt und genießt, will immer von Neuem erarbeitet und verdient
sein; immer von Neuem muß die Menge davon überzeugt werden,
daß der Grund, auf welchem das Königthum steht, uns Allen mit
ihm gemeinsam ist; seine Bedeutung in Staat und Volk ruht auf
seinen Leistungen, wie die Geltung des Einzelnen in seinem Kreise
auf seiner Thätigkeit; das Gedächtniß der Menschen aber ist kurz.

In einer Zeit der religiösen und socialen Bewegung rief ein
Mann, der daran mit der Feder und dem Schwerte theilnahm

(Ulrich Hutten): „es ist eine Lust, in dieser Zeit zu leben." Auch in unseren Tagen erklärte ein conservativer Grundbesitzer und gewesener Preußischer Minister (Robbertus) seine Zufriedenheit damit, daß an unserem alten schäbigen socialen Mantel gezerrt werde, mit Freuden wollte er ihn fallen sehen. In dem Augenblick, wo unser Königthum in die sociale Bewegung eingreift, werden auch wir ausrufen dürfen: es ist eine Luft in unserer Zeit zu leben!

Berlin, im Januar 1877.

Anmerkungen.

1) Das ist noch immer sehr weit, es fällt darin noch der Enkel und der Urenkel von Geschwistern.

2) Tacitus German. c. 21: suscipere tam inimicitias seu patris seu propinqui quam amicitias necesse est.

3) Stahl, Philosophie des Rechts, Bd. 2, 500. 501. 502 der 3. Aufl.

4) Grundsätze der Civil- und Criminalgesetzgebung, bearb. von Beneke, Bd. 1 S. 344 sqq., namentlich S. 350.

5) Die übrigen Vorgänge in der Revolutionszeit erwähne ich nicht, weil sie bloß gegen die Testamente gerichtet sind, also das Erbrecht an sich bestehen laffen.

6) Daneben spricht St. Simon auch von einer Vereinigung der Arbeiter, um das „industrielle System“ zu verwirklichen, von einer zu bildenden Arbeiterpartei. Was er darunter verstand, habe ich bei keinem der Schriftsteller über St. Simonismus auseinandergesetzt gefunden; wahrscheinlich bezeichnete St. Simon damit gemeinsame Werkstätten und einen gemeinsamen Haushalt für die Anhänger seiner Lehre; wenigstens seine Schüler haben nach seinem Tode solche eingerichtet.

7) Man hat unseres Erachtens den Grafen St. Simon durchaus überschätzt; er war eine durchaus edle, der Begeisterung ungemein fähige Natur, aber schöpferische Gedanken hat er nicht besessen.

8) Am schärfsten ausgesprochen ist dies in der Adresse der St. Simonisten an die Kammer vom 1. October 1830.

9) Aus dieser Begünstigung der Fähigkeit folgert ein neuerer Schriftsteller (Bloch in der Vierteljahrsschr. f. Volkswirthsch. 1871 p. 68), daß das St. Simonistische System auf keinem neuen Gedanken basire; denn (sagt er) alle zwanzigjährigen Talente waren durch den Grundsatz: „einem Jeden nach seinem Verdienste“ electrifirt; sie schaarten sich um den Gott St. Simon, und nach dreißig Jahren finden wir die Ueberlebenden als Senatoren, Staatsräthe, Millionäre, berühmte Componisten in ansehnlichen Stellungen, was beweist, daß die althergebrachte Gesellschaft trotz aller ihrer Mängel dem Verdienste

mehr oder minder Gerechtigkeit zu Theil werden läßt." — Daß diese Auffassung den Grundsatz der St. Simonisten völlig verflüchtigt, liegt auf der Hand; allein jedenfalls beweist sie, daß man in den St. Simonismus nicht das Princip der Gleichheit hineintragen darf.

[10]) Beiläufig sei bemerkt, daß bloß Enfantin diese Forderung aufstellte, nicht aber Bazard, der gerade deshalb sich von Jenem trennte, und den Zerfall der ganzen St. Simonistischen Secte herbeiführte.

[11]) In seiner théorie de l'impôt, 1861.

[12]) Politische Oeconomie, herausg. von Soetbeer, Bd. 1 S. 260—269. Bd. 2 S. 283 f.

[13]) Daß diese Argumentation unhaltbar ist, darüber vgl. oben S. 9; übrigens Mill hebt ausdrücklich hervor, daß nicht das Intestaterbrecht, wohl aber die Testirfreiheit aus dem Eigenthum folge.

[14]) Bluntschli-Brater's Staatswörterbuch Art. Privatrechtliches Erbrecht, in Bd. 3 S. 403 sqq., namentlich S. 412.

[15]) System der Weltöconomie Bd. 2 S. 851 f.

[16]) Lehrbuch der Finanzwissenschaft Bd. 2 S. 55 Note *.

[17]) Das gesellschaftliche System der menschlichen Wirthschaft S. 233 der 2. Aufl. In der 3. Aufl. Bd 2 S. 525 vertheidigt Schäffle gleichfalls nur die Vererbung auf die „nächsten Angehörigen", und spricht zu Gunsten der Erbsteuer an die Gemeinde und sonst eine dem Erblasser nahestehende Genossenschaft.

[18]) Gedanken über Recht, Staat und Kirche, Bd. 1 S. 61—66.

[19]) Bluntschli-Brater's Staatswörterbuch Art. Eigenthum in Bd. 3 S. 321 f. und Privatrechtl. Gesetzbuch für den Canton Zürich mit Erläuterungen von Bluntschli, Bd. 4 S. 67 ff.

[20]) Zwölf Paragraphen über Pauperismus.

[21]) Die Reform des Erbrechts, München 1848.

[22]) Bruns in Holtzendorff's Encyclopädie 1, 431 der 2. Aufl.

Druck von J. Dräger's Buchdruckerei (C. Feicht) in Berlin.